# 抱歉 我沒有成為更好的人

否思 著

## 作者簡介

**否思** —— *1997* 天蠍座

有時歡喜，經常傷心

Instagram: @fourzpoem

## 輯一 抱歉 我沒有成為 更好的人

輯一

輯二

# 我不確定 該不該 開始 想念你

## 輯二

# 輯一

# 抱歉 我

沒有成為
更好的人

# 一輩子的事

我在夢境裡曾經走過荒原、海岸、高中教室或即將失控的汽車上，出現的角色有熟悉的也有陌生的人，完整卻又帶著奇異之處的故事，我用第一人稱的視角或看或參與，醒來以後無論是身體或是心總會感到非常疲憊，這種感覺就像是我在那些不長不短、隨時連貫切換的夢境裡過完了其他人的一生。

在電影《星際效應 Interstellar》中，主角一行來到位於黑洞附近的行星，在那裡時間經過一小時，就等於地球上的七年，當主角回到太空船上看見女兒現在的樣子時失聲痛哭，他不知道自己到底錯過了哪些事情，而且時間也只能一直直行下去。記得當年這部電影我是和L一起看的，好幾幕都讓我無聲地淚流滿面。在電影中，愛，是連結眾人完成任務、回到所愛之人身旁的原動力，也是唯一能穿越時空、不受影響的特殊存在。

近日再從不同的夢中醒來，我想到會不會也有些什麼看不見卻真實存有的事物在我身上形成了跨越時空、平行世界，或者未知理論的羈絆，以夢的形式出現，在夢裡的那些驚恐、愉悅、傷悲都實實在在地存在，只是不在這裡，而我睡著的這幾個小時，對那些出現的角色來說，也許就是他的半生。

雖然更可能只是我強加在讓我感到疲憊的夢境循環之上的某種浪漫幻想，而幻想並不需要對誰解釋，我只需要期待自己在每個夢中都能保持善良，讓那個不知道誰的一輩子能過得安好。

# 也許我不適合活著

這麼多年，早已模糊的那個開端彷彿是我砸碎了一面巨大的玻璃，碎片散落一地，努力地生活就像用手慢慢撿拾尖銳的玻璃碎屑、赤腳踩在遍佈危險的地。有些痛楚很清晰，有些甚至沒能察覺，偶爾低下頭才會發現滿手是血、雙腳都是傷，走過的路因為已經乾涸而明顯。

一顆心可以因為任何事情再多裂開一點點，微不足道是最可怕的形容，因為太小、太小，小到甚至不知道該從哪裡說起、小到我不知道為什麼、小到我不知道還能和誰說，脫口而出的總是抱歉，總是感到很抱歉，因為自己的愚蠢感到抱歉、因為不希望造成誰的負擔而抱歉、因為自己活成這樣而抱歉，因為不為什麼而感到非常抱歉。

關於死亡的各種想法會出現在生活的每個不經意的縫隙，對於這類無可避免的結果已經感到非常絕望，家貓的死、家人的死、愛人的死和我自己的死，在什麼事情都還未發生的時候就已經如此破碎，我該怎麼有精神或者勇氣面對那些可以預知的傷悲？

只要一離開藥就會跳進一個又一個讓人感到疲憊的夢，夢裡我似乎過完了哪個誰的一生，醒來的勞與苦和斷崖式的情感剝離每次都讓我感到非常感傷。時間是造物，不可逆的造物，但一切都受制於此，是再無力或無奈也無法改變的真實。

也許我根本不適合活著，喊出「為什麼是我？」這種問題一點意義都沒有，我不知道能夠對誰憤怒，出聲只會一次次地堆疊直到再次壓垮一小段時間裡建立起來的自我。

真是累，真是累。

# 你 現在笑得 比較 好看

L，也許是因為這次的奧運距離上次只過了三年，所以感覺時間走得更快了一些，正好是在有你的城市舉行，只是我不確定你是否還在那裡。看著伸展台上五顏六色的時尚裝扮，我想像也許你是創造它們的其中一部分，當你看見自己的作品被無以計量的人們欣賞時，應該會感到很開心吧。最近很常想起你在臨別時曾經說過的那些話，當時聽來每一句都是無比鋒利的刃，在我的心頭劃下或深或淺的傷，但又是那樣真實地令人無法反駁。

我不能確定是自己或是你在哪些時候走錯了哪一步，但在這麼多年後的現在，思考這一切已經無謂。和我在一起的你笑得很好看，你笑起來的眼睛、嘴角還有聲音，正是我喜歡上你的理由。身為一個天真爛漫的人，我想你在那遙遠的浪漫之都可以獲得我所不能給你的快樂，也許你已經遇到比我更好的人，也許他沒有比我更好，僅僅是因為是你所愛，無論如何，我相信現在的你笑起來一定比以前更好看吧。

# 快樂是一個謊

失樂症狀（anhedonia）是指憂鬱症患者的正向情緒缺損，因為對於負面記憶抱有執念、對實現目標的無望，同時帶來了對未來不抱正向期待的思緒。

這幾年一直有自己感受不到快樂的困擾，在 Threads 上看見有人討論失樂症才知道原來這是憂鬱症的症狀之一，而且「失樂」不僅是感受不到快樂，連對未來都會喪失動力和動機。

幾次嚴重的憂鬱襲來的時候，我發現自己什麼都做不了，任何以前曾經喜歡的事物或者活動，在此刻看來都毫無意義，我想不到開始進行的理由。接著便會是批判自己存在的開始，我會認定自己是一個沒有價值的人，我做過的事同樣毫無意義、想達成的目標遙遙無期。於是形成了一個看來有些荒謬的思想循環，這些思考在旁人看來可能難以帶入，卻是我經常必須面對的事。

所以我開始懷疑會不會快樂本身就是一個謊言？從教育、書籍、音樂或者廣告乃至整個社會都在告訴你應該要正向、抱持信念或者快樂，但事實上又有多少人能真的活成那種形狀呢？而既然沒有人能真正做到那些我們「應該」做到的事，是不是就能夠把它們視為一個巨大的謊？

也不是要提倡或者宣揚「負面才是正解」這類的觀點，只是想提出一些也許早已被討論過的思考，快樂究竟是什麼、有多重要，甚至可不可能？

# 我其實不太敢聽那些歌

最有感覺的應該是陳粒的〈奇妙能力歌〉，我記得在那個手機螢幕還不是非常清楚的時候，S傳來一個自彈自唱的影片，唱的歌就是這首，那時候我深切地感覺到人和人的心是如何連結在一起的，我想不能用單純的感動形容，也許那就是愛的一種形式。

也有很多年我不敢聽魏如萱的〈好嗎好嗎〉，因為我曾經和那個她說過要是想念我了，就聽這首歌，它會讓你感到些許安慰。沒想到分開以後不敢聽這首歌的反而是我，每個樂句、編排或者換氣時的唇齒音對我來說都像是帶刺的提醒，提醒那關係有多不堪、那分離有多草率。

一直以來觸發我寫作的一個重要因素都是耳機裡正在播放的歌，可能因為某句歌詞、某段旋律或者某個歌裡被安排的橋段而想起生命裡曾經的那段故事。多半時間是會掉淚的，我透過這些歌能夠清楚地感覺到這世界有人跟我曾經有著同樣的感受，無論是不是一廂情願，對我來說都是很大的慰藉。

此刻的你想到了哪首歌嗎？如果可以的話，我建議你寫下你的感受，未來偶然發現這記憶片段的你，會感謝現在的你自己。

# 我們的 關係
# 脆弱得
# 讓我 笑了出來

一直以來我都是不喜歡講電話的人，手機設定常年保持靜音，應用程式的通知也幾乎都關閉了，從通訊軟體開始盛行的時代開始，就幾乎沒有在手機的通訊錄裡存下誰的號碼了，除了曾經重要的那幾個人以外。現在回想起來，與L真正的分離也不算是暴戾的，在幾近斷裂的那幾個日子裡，幾乎是我單方面地試圖挽留現在看來已然無力回天的關係，因為太害怕失去，所以很多行為是沒有經過思考的慣習，打電話、打LINE或是用各種管道傳訊息，可以說是進入了一種矛盾的癲狂狀態，一邊執行，一邊又感到抱歉。雖然終究連見面都沒有，但仔細反省過後我也覺得那些作為會造成對方強大的壓力與不適，在後來的後來我也曾經認真地道歉，只是我想我大概把至今這輩子的，關於挽回的力氣全部都消耗在那些時間裡了。

於是，想當然地，我被封鎖、加入黑名單，至此我再也不能觸及這個人一點點。直到幾年後，我發現自己的ＩＧ帳號被對方解除封鎖了，沒有原因，我也沒有打擾，不過在想念時還是會偷偷地看看她的近況。這些年寫了這麼多字，遇見這麼多人，我也曾經說過每一篇文章都是我在那個當下最真實的反映，我想是因為這樣，也許她看到了什麼，因而又過了一些日子，我發現我再一次看不見她的帳號了，而且她換了帳號的ＩＤ，至此我再也找不到那個最親密過的人、最想念的人。我沒有猜測太多原因，那個當下湧出的是好多好多的失落，我們的關係竟是依賴隨時能夠變動的事物維繫的，多麼脆弱。

我想這也許是現代關係中的一種常態，只要我決定，就可以讓他人完全失去對我的連結，如此是好是壞對於不同的角色有不同結果，雖然不知怎麼地，我好像時常是被拋棄的那一位。

# 記憶的消亡

據說人是擅長遺忘大於記得，可是為什麼過了這麼多年，身邊的人事物來來往往，我卻還是能夠清楚記下那些她們的臉、表情、好惡或者我們相處的瑣碎小事？年歲漸增，必須處理的事與責任也越來越重，有時候我會對自己仍保有這些回憶感到可笑，看起來都是微不足道的小事，可它們卻又是那樣確實地構築了我現在的樣子。

偶爾還是會夢見某個誰，在曾經熟悉的地方和我做著熟悉的事，平淡的日常和無意義的對話幾乎填滿了整個夢境，醒來以後才能感受到那些曾經觸手可及的事物現在連光年都不足以形容它的遙遠，雖然感慨卻又無可奈何，我們已經不能再有新的篇章開展了，雖然我還在這裡生活，而你也還在那裡。

記憶究竟是如何消亡的呢？依賴酒精、菸草或藥物都已經被驗證為無效，就連過得充實，甚至幸福也不能讓人忘記。我猜測在每個人的生命歷程裡的某個時間點，我們會按下一個「這輩子都不會忘記」的開關，無論你過著怎樣的人生，你就是會一直記得。

# 做自己的好人

是的，我想我們都希望能夠遇見一些「好」人，無論是家庭、感情、職場還是學業生活。但所謂的「好」究竟是什麼？你的定義和我必然有許多不同，每個人都希望自己能成為好人，但你終究會成為某些人生命中的壞人，這是無可奈何的事。你無法選擇你遇見的是怎樣的人，所以你只能當你自己的好人，依照自己的標準執行你覺得好的事物，盡可能對這世界保持溫柔與善良，其他的，就不是你能決定的了。

保持溫柔與善良並不是要強迫自己接受所有不順心的事，而是在該沉默的時候不出聲、該反抗時反抗，用一種自己也能理解的方式。我是那樣希望每個人都是好人，可惜這樣想太過天真，隨著年歲增長，從前不明白的事只會變得越來越清晰，直到某個瞬間你會發覺，我不需要成為別人眼中的好，我成為我自己就足夠，其他的，就交給緣分或屬於這世界的某種靈感處理吧。

# 沒有我的　快樂
# 是你　應得的

喜歡的秋天又來了，我已經揮霍時間那麼久，積累下來的都是我所能認知到的、只剩自己的寂寞。我似乎已經能夠坦然地接受那些離開和失去，告訴自己她們都去了更好的地方，沒有我的快樂是她們應得的快樂。有時候我會相信我們終將一無所有，有時候我會相信還有人在等待我，不需要為我留一盞燈，只需要能夠點燃一根菸的火。

# 只是想被好好 對待

那是對我來説太過幸福的夢、是少有清晰且讓人感到溫暖的夢。那個她的長相已經模糊了，但牽起我的手那瞬間的感覺我卻還能深刻地記得。醒來除了訝異自己能擁有這麼好的夢之外，也意識到那些讓我感到幸福的瞬間，都只發生了一些再平凡不過的事。原來被好好對待是這麼快樂的事，原來我只是想要能被好好對待，那麼簡單，那麼難。

## 你不要靠得太近，你會受傷、你會痛

變寬的身材、消瘦的心，我是沒有明天的人，昨天的事在今天忘記，我努力維持自己的形體，太熱或太濕都會融化。兩顆脆弱的心是危險的，像午夜桌上的檯燈，孤寂無處安放，只能留在我的身體裡，你不要靠得太近，你會受傷、你會痛。

# 我不祝你快樂

那些地方只能一個人去了，那些話說了也沒人聽，天氣的好壞好像都與我無關，回到了原點之後，我不知道下一步該走向哪個開始。每個故事都沒有寫完，墨水因為放了太久而乾涸，這城市只需要一天就能變冷，卻要用上一堆時間回暖。人群會慢慢散開，我說的話會漸漸地沒有人聽的，儘管那些傷感的事還是那麼多，但最終人們還是會傾向讓自己快樂一點。我想這樣也好，時刻安慰自己這樣也好，如果不去看那些傷口，會慢慢地變好的，只希望你要走之前能和我說一句再見，我不祝你快樂，我祝你平安。

## 我要你，不要 故事

陽光正好的星期日，昨晚很守序地吃了藥，在剛鋪好的床單上一夜無夢地醒來。我對海或山早已沒有了從前的嚮往，酒精伴我入眠，可惜的是我仍然需要陪伴。想像著你在異國的日子，認識不一樣的路標、不一樣的人，會不會也曾想起一樣的我，和我們曾經那些一樣的日子？最終仍舊敗給執念的我仍會在一個個夜裡想起和她們的那些故事，但沒有你就沒有這些故事，我要你，不要故事。

# 我想　要你靠近我，但也　不要太　靠近

修復傷痕需要多久的時間呢？我願意用盡所有積蓄換來一個期限。新的傷口在舊的疤痕上蔓生，原諒我對距離的拿捏總是不夠準確，我想要你靠近我，卻不想要你太靠近，我會害怕、你會受傷，然後我們不再説話。相信我，已經有太多驗證，即便我也曾經相信過離別不會發生，但我已經不是完整的自己了，我做不到。

# 我再也不能像
# 一個少年般　喜歡上一個人了

我有太多的話想告訴她，總是迫不及待地想要向她展示自己的全部，讓自己的全部都屬於她。想說的很多，想念很長。我可以自己想像出很多，有可能發生，更可能不發生的事。

但她說了好多次不，我能明白這都是正常的現象，星座們都還在運行，所以我也說了很多話，試著告訴她我的想像或是一個人的瑣碎時光，結果是沒有結果，我完全可以理解。

但在過了好久以後我才真的知道，原來我在她和那些她的眼中是一則笑話，或是圍著篝火般聽著的恐怖故事。

我再也不能像一個少年般喜歡上一個人了，我以為喜歡很簡單，以為至少我很認真、很誠實，以為那些話至少可以捆成一束花，沒想到最後只成為了這麼可笑的事。

但沒關係，我原諒我自己了，沒有人會再出現，沒有花、沒有海，沒有徘徊失眠的夜，或是遠得要命的另一個世界。

我再也不能單純地喜歡上一個人了。

# 我給不起

每次想要抱怨這個世界的同時都會想到誰不是在各種掙扎裡生活？

看著同伴們似乎走得離自己越來越遠，而我的焦慮只能依靠藥物或酒精緩解，很多時候並不是我不願意或者不想，只是我實在沒有面對日子的精神和動力。無論病或心態發作與否，我都時常覺得抱歉，我似乎不值得擁有這樣並不缺乏什麼的生活與關心，不願意苟活卻也沒有什麼能力改變今天。我知道很多事情都需要等待一段時間讓它發生，但也許那就是太久了，沒有希望的話是沒辦法撐到那時候的。

# 壞人

不管你多努力，都還是會成為某人生命裡的壞人。

最近常常看到有人說要每天提醒自己：「你已經是最棒的了，你做得很好。」但如果每個人都是最棒的，那誰來扮演壞人的角色？我們都需要壞人來怨恨、憤怒或丟棄自己不想留下的情感垃圾。你我都不可能成為每個人生命中的好人，你只能是你自己，就算再努力，最後還是要誠實地面對你想或不想解決的問題。你是好人，但也是個壞人，其實沒有這麼有所謂的吧？

# 抱歉 我沒有成為　更好的　人

把影片調成兩倍速，傷心卻走得很慢，白天的風吹起的時候，夏天就已經結束了。常去的咖啡店沒有座位，也不想踏入陌生的地方，我在陽光正好的時候自己消化那些被你看作笑話的浪漫。頭髮長了又短，還是熟悉的模樣，步伐很快，因為不需要等待誰一起並行。偶爾淚流一整夜，偶爾好眠，更常走進未知的夢，夢裡我在哭，枕頭卻是乾的。變得經常說謊，為了不觸及不該碰到的故事，為了讓每個無聊的夜都能有人陪伴，她們來了又走，我甚至不確定想念在此分配之下的餘額。我們的日子被存在相簿裡，偶爾被提醒，偶爾翻閱，偶爾埋怨，偶爾懷念你的樣子已經有些模糊，我依賴想像去寫下關於那些曾經幻想會在我們的夏天發生的事。抱歉沒有成為更好的人，也許呼吸的速度已經不一樣了，但那些日常裡像灰塵落下的聲音一樣的想念，我還是聽得很清楚。我沒有想到我還是這樣地想你，像你還在的時候一樣。

# 爸、媽，我愛你

長大後回家碰到我爸，他的第一句話永遠都是「有沒有吃飯？」，夜深了之後會一直叮囑我早點睡覺、少抽菸。回想這二十幾年的人生，我爸媽幾乎對我沒有甚麼特定的要求，小時候會聽他們說：「爸爸媽媽希望你長大以後做一個好人就好。」，而長大之後則是：「爸爸媽媽希望你過得快樂。」半夜輾轉難眠的時候想起這些話，眼淚都會慢慢地流下來。

我爸應該可以說是個傳統的嚴厲父親，在我還是個孩子的時候，即便常常被外人說很乖（又或者說服從），但受到的打罵教育也沒少過，甚至到現在還留有一些片段的回憶是非常深刻的。而我媽是個溫柔又很堅強、有毅力的人，從大學畢業後就進入了現在的公司，一做就是三十五年，從來沒有換過工作，為這個家付出了大半的人生時光。

但小時候爸媽都很忙碌，從幼稚園開始到國中，我的一天日程幾乎都是學校、保母家／英語安親班／補習班，然後回家睡覺，往復循環。處在一個父母偏傳統的家庭裡，印象中我從來沒有對爸媽說過「我愛你」，我不確定這是因為東方教育裡沒有這種習慣的養成還是純粹是我覺得肉麻尷尬，但有好多時刻我其實好想說出口。

長大之後聽過身邊很多朋友曾有不幸的童年遭遇，或是功能不健全的原生家庭，我都會為自己能夠成長在這個家裡感到幸運，也知道擁有一個「普通」的家有多麼不容易，而撐起這個家的父母已經給出了所有他們能給的一切了。從面對各種升學考試的時候開始，我努力競爭的一半原因是希望可以讓我的爸媽感到驕傲、快樂。而到了現在這個年紀，我常常因為自己還沒有很大的能力讓家人擁有更好的生活品質而感到焦慮，縱然他們想要的可能不是那些物質，而是一句：「爸、媽，我愛你。」

但我想還是有機會的，我不確定自己算不算一個好人，但我認真生活、盡量讓自己快樂，我很希望他們也能對這樣的我感到驕傲。

爸、媽，很感謝這輩子能成為你們的孩子。

# 活著的感覺與我如此疏離

去一個陌生的地方生活了一陣子之後，回到原本的城市竟然也感覺到陌生，我忘了在那之前我是怎樣度過每一個獨自的夜晚。我想所謂的歸屬都是人想像之下的情境，沒有人真正屬於一個地方、沒有人真正屬於彼此，一切事物只是客觀地存在，意義都是被賦予的。也許這不是事實，也許這是事實只是不被承認，我只感到疲憊。也知道思考活著的意義是一件沒有意義的事，活著本身並沒有任何意義，只是所有生命都被定義好的時間不斷往前推進而已。不感到特別憂傷或者有太多負面情緒，只是單純地累了，沒有意義的努力沒有人會願意付出，那又為什麼要努力地活著？我找不到能夠快樂的地方，我不知道該去哪裡，我沒有動力，我睡不著、醒不來，我不知道。

# 與憂鬱症者相處指南

1. 讓他笑
2. 讓他哭
3. 讓他感受到被陪伴
4. 抱他
5. 減少讓他等待的時間
6. 提醒他吃藥、回診、諮商
7. 可以抽菸喝酒，但偶爾
8. 不要欺騙他
9. 愛他
10. 和他說晚安

# 生日快樂

你捧著蛋糕
我點了蠟燭
你替我許了一個
關於永遠的願
我沒有吹

# 萬聖節 之一

天快亮了
有些醉地打開房門
至少不完全是黑的
你脫下假髮和紅色的鼻子
對著浴室的鏡子
洗了好幾次臉
妝怎麼都卸不掉

# 觀測者的　憂鬱

最難的是

鬱期無法預期

## 無心之過

愛沒了心
難以成受

## 快活

看見你快活
我快活不下去

# 餘人

毫不猶豫地
對你拋出我整顆心臟
你只嫌棄會弄髒手

多餘的人是多麼愚笨
不需要任何節日
我自己可以紀念自己的蠢

# 對的

咆哮是對的
於他而言
我們才是獸

飛翔的鳥是對的
於他們而言
折翼的人
是沉默的螺旋

可什麼是對的
每個人都有話要説
每個人都錯

# 綠色的房間

沒有貓的下雨午後
雨聲在木吉他的旋律裡融化
顏色的碎屑摩擦纖維
整個宇宙的溫柔遺落了一點點
在眼前的綠色房間

話語在空氣中暈開
沉默的秒數逐漸拉長
我陷入沙發裡
渴望迎接一場空白的夢

不具名的靈感波動
伴隨鼠尾草的氣味在腦中碰撞
伸手一碰
字句就在眼前排列成形

不特別的日常
持續發生著不特別的事
夢不要醒
不要醒在這個房間

**常常想著**
**就這樣　消失**
**也不會有人發現**

究竟要多詩
用一些艱澀的詞彙或是
讓人看不懂的
不連貫的名詞來堆疊那些
無以名狀的傷感或是
狂喜

究竟要多濕
夏天的雨已經快要下完了
從來沒有準備好迎接過一個季節
無論是鯨魚或大象
橙子和威士忌
都只是一些附著在皮膚上

薄薄的一層形容
意義是你之所以為你的原因

究竟要多詩
我們依然使用那些學院裡的標準
來定義一個人
簡簡單單的
一個說謊或不說謊的人
是不是有資格成為他們的一員
你看見你想看見的
然後讓它在我的身上發生

究竟要多濕
衣服都乾不了何況是心
沒有力氣寫字的手
像是突然擁有了舊疾
菸一包一包地抽了
酒一瓶一瓶地乾了
還是沒能到達那道牆
遑論像年少時一樣翻越

究竟要多詩
我寫的愛都被寫過了
我寫的恨也被寫過了
空空蕩蕩的生活
被填得滿滿當當
想問的問題都沒有答案

# 也就那樣

一起去過和沒有去過的海
我都自己看了
來回反覆的浪
也就那樣

喜歡或不喜歡的歌
我都自己聽了
大小調拼湊組合
也就那樣

哭過跟沒哭的電影
我都自己播了
夕陽射進房間的日子
你像影片裡的國度一樣陌生
就算真的摸到了雪
你不在身邊也就那樣

用過與沒用過的詞彙
我都寫下了
相伴的時間太短
沒有續集
用情太深的文字
其實也就那樣

# 他們說我　不夠　詩

你笑的時候我詩了
你哭的時候我詩了
睡不著詩
醒著也詩
我把握每一種能詩的
角度
詩了又詩
在詩裡死了又死

可他們還是說我不夠詩
我喝多了酒
換得搖搖晃晃的夜晚
練習刻下一個個字
欣賞自己的自以為是
他們總是說我不夠詩
但還是從我這裡帶走了好多
卻都沒付錢
付錢買下我不夠詩的這些

# 分行文字

他們說我不夠詩
所以無法進入
無法進入他們的世界
可是我已經空空蕩蕩
沒有多的能再給誰
不夠詩
又哪裡有所謂

# 叫醒我
# 在 九月 結束的時候

雨開始偶爾地下了
傍晚的風作為提醒
夏天正隨著夕陽凋零

戴上耳機播放搖滾樂
麥克風和鼓棒離開了舞台
背向人群的時候
歡呼沒有如期響起

記憶像小時候的近視度數
每過一年就模糊一點
那些地方的路是怎麼彎的
應該差不多就要忘記

夏天發生的事只能留在夏天
衣架上的冬裝生了點灰
我想在開始寒冷之前
再穿著短袖出門
多個幾天

**＊靈感來自 Green Day**
〈Wake me up when September ends〉

# 有些地方
# 你得　自己去

有些地方你得自己去
看看山和海
森林和岸
看看那些被寫過的浪漫
是不是能夠完整地發生

有些地方你得自己去
月圓和月缺的不同
星盤的轉動
那些古老預言的起點
都曾是因為一個人而發生

有些地方你得自己去
不曾看過的顏色
安靜的湖泊
也許哪天會飄來一艘小船
載你前往還不明白的來生

有些地方你得自己去
不是沒有人陪伴
是聽見了召喚
感受到已經被確定的未來
一個人來去
只是再自然不過的事而已

# 有一些東西破了

網子、森林、窗戶與夢
一點關係都沒有的事物
被雨線串聯
我需要原諒自己
原諒昨天發生的事
這該死的城市和氣溫
或者是活著必須經歷的痛
苦的是
我竟然一點感覺都沒有

有一些東西破了
無法修補
我的身體順著漏洞
慢慢地
往下流

# 佚名

穿上哪個字
我就成為了那樣的人
你不需要知道太多
只需要明白今晚的需要

清楚記得一切的苦痛
所以不再過問
那些看來必須先了解的事
不請求治癒
只要了一手啤酒
期待能夠不省人事

為了便於遺忘所以是誰都好
我不再渴望被記得
但是那天我們仍然活著
是多麼重要的事

在愛面前
我們什麼都不是
不在愛面前
也什麼都不是
你向我索取姓名
我希望你幸福

你　不愛我

我 就　愛別人

改了收件人的名
寫下的愛還是原本的愛嗎
對你說話的時候
想像自己是和她說話
這樣會好過一些嗎

像是檢驗視力的儀器
我的目光在你的身上坍陷
即便你朝向他方
我的重力還是向你傾斜了一點

想像自己是所有痛的總和
想著或不想著失望
期待都不會發生
你拒絕的是累積了一整座宇宙的愛
有時大雨傾倒
有時一夜無雲

只是為了確認自己的身體還有地方站立
我留了一點點空間允許呼吸
有人從窗外窺探
有人微微地開門
我微笑以對

一起來嗎
她不愛我
我可以愛你
只是沒有宇宙
沒有信

＊詩題來自 和平飯店〈你不愛我我就愛別人〉

# 你終究
# 不愛　這世界

還是會想起
自己曾經那樣虔誠地相信
那些華麗或平凡的詞彙
在整座城市沉睡的時候
一邊流淚
一邊留下一個吻給漫漫長夜

還是別說了吧
太過殘忍的事實
並不是破破爛爛的我們
所能夠接受
開始習慣每一個沒有更好的明天
習慣一個人睡
習慣你我都有一點點可憐

還是先說個謊吧
虛假的善良至少能讓你看起來
我有好過一些
既然無法快樂
那就努力活成一個悲傷的人
我們沒有希望也無所謂
令人羨慕的日子
也只是他們比較會消磨時間

*靈感來自 傻子與白痴〈你終究不愛這世界〉

# 希望夢裡 你有詩

希望夢裡你有詩
悲傷憂愁也好
快樂幸福也好
至少是詩
是你仍安穩活著的象徵

昨天的伴在今天反目
今天的愛在明天崩塌
如果我們都不相信活著這件事
明天從來都不會到來

希望夢裡沒有我
現實的苦痛不該在昏沉時承受
誰不想在庸碌中得到歸屬
就算那從來不是救贖

希望夢裡你有詩
一字一句地念
醒來以後繼續想
想到遺忘那天
你慶幸
還好你詩了
還好有夢

## 走 的時候
## 幫我
## 把門帶上

很久沒有人打開門了
總是有敲擊聲
而無人應答
我害怕窗外晃動的影子
害怕有來訪的人

但我還是開門了
你笑著遞給我一束花
剛好是我喜歡的顏色
我以為快樂能夠
再凋謝得慢一點
最後你要走了

我輕聲請你幫我帶上門
把窗戶也鎖緊
我安安穩穩地一個人
只能對你說我很抱歉
打擾了

我不知道門還能被誰開啟
就像我很快會忘記
你曾經來過這裡
但如果有人在窗外窺探
我還是能以禮相待
畢竟來訪的人
都是客人

# 無題

涼掉的身體
破掉的心
在夜裡打撈月光
在陽光下融化
玻璃杯的水滴
沿著杯緣滑落
我想起遠方的堤岸

寂寞的燈塔
等待不會靠岸的船
散場的時候你要走了
我微笑揮手
你輕聲說了些什麼
我聽不清

手寫的信
闔上看到一半的小說
我不停地縮小自己
直到不能被發現
請不要找到我

**總有一天**
**都會　消失的**

把傷心用肺過濾
我不能停止聽見
路燈的聲音
天黑之後的此刻
就記不得曾經的藍

明天會有光
是的
我們都無法避免睜開眼睛
卻也找不到醒來的理由
除了噩夢以外的時間
都用在反覆提醒自己應該忘記的事

總有一天都會消失的
今天也好
明天也好
所以我不再珍惜
那些看似應該感到幸福的事
我的房間留下了你的在場證明
沒關係
我已經不介意了

# 還是喜歡天早點黑

還是喜歡天早點黑
只有路燈醒著的寂寞
適合我這樣安靜的人
還是喜歡天早點黑
不知道的事很顯然地發生

面向自己的時候
我看見你的眼睛綻放我沒見過的花

還是喜歡天早點黑
時間被大把大把地浪費
我慵懶地睡著
一場夢裡我們都只剩沉默

還是喜歡天早點黑
這樣傷口
比較不容易被看見

# 還要多遠
# 才能　進入你的心

夢的單位和什麼等長
公尺、公里還是
秒與分

我在悠長的走廊裡
靜靜地等待你的身影
從光線裡消失

衛星還在繞著行星轉
軌道已經舊了
沒有一顆心的維護
終究只剩寂寞的宇宙

我還在使用
已經無人在線的頻率
幽靜的那端杳無音訊
我握著麥克風發愣
你的回覆是另一個宇宙的奇蹟

冬天越來越短
偶爾聽見你的消息
像刺骨寒風
吹進我層層包覆的身體

呼叫、呼叫
聽到請回答
失速的想念
在無盡的黑暗裡
悄悄地死去

＊詩題來自 郭頂〈水星記〉

# 關於　或不　關於
# 海的夢

太陽就要落下
房間一片漆黑
我耐心等待
眼睛適應黑暗的過渡期

你如此靠近
我們交換著彼此的呼吸
蠟燭還在燃燒
包裹著香味的身體
沒辦法精準地計算距離
那天的海這麼清晰
在歌裡唱著的

都是砂礫早已熟透的故事
天氣很好的時候
其實不需要太多説明

我不想回來了
這裡有夢
有熟悉的街道
或是那些面無表情的人

多希望我的意識能夠連結
海的意識
在另一個遼闊的世界
我們過得很好
很好

# 輯二

# 我不確定

該 不該

開始 想念你

# 天文學家

你是不是也曾經懷疑
所謂穿越千年的宿命
扭曲成結的時空
是不是真的能把兩人的命運
繫在一起
所有可見物質的一生都在互相遠離

悲傷在事實的面前
毫無意義
但如果這是錯的呢？你想著
也許此生必須成為一顆孤寂的行星
去反駁那耀眼的火

可是獨自漂流
是多麼讓人感到害怕的事情
在一片無際的黑色裡
等待信號的傳遞
把隻言片語投入光的河流
耗費千百的世代的真言
終究是沒有可能回到你的身邊

此刻你才終於知道
這些秘密的存在
時間或距離
抱著的浪漫是所有語言都不能觸及

你笑著回身
廣袤的宇宙像海
星光閃爍
一波波拍打在你的身體
失重其實是一種溫柔的包覆
也許是暗
也許是反
也許那些都不再重要
眼淚被緩緩帶走
你愛宇宙
宇宙愛你

# 想不到我
# 想　得到　你

不確定該以什麼符號排序
英文字母、注音
時間或者記憶
雜亂無章的夢
總是讓我一併想起
那些沒有一併存在過的你

也許是街道、景點
或者冷門的咖啡店
相信你已經洗去關於我的氣味
我們說著同樣的話
只是對坐的
不再是彼此

曾經以為忘記的人
總是意料之外地出現
你不在這裡
但你在這裡
如果不只是曾經
快樂也許觸手可及

請別怪我搞混你所愛的事物
我的清醒太短
只能容得下自己生存所需
重要的是我還能想起你
重要的是你還能被我想起

＊詩題來自 The Crane〈拉麵公子〉

# 放下

抱著你的時候呼吸
雨的爪痕刻在肩上
隱隱作痛的是
昨夜有她的夢

未見的雪積滿生灰的巢
我站在熟悉的路口
看見並肩的我們
走往叉路

整齊的快樂和睡前的囈語
舊式的冷氣
發出規律的聲響
安心地入睡吧
我在旁邊

陽光正好的時候
在對街看見你笑著走來
幸福的回憶就該幸福地死去
放下牽著的手
你要走了
有人在等

## 裝幀

把我們的故事裝幀
斟酌每一分用料
希望不要超過了相處的成本

燙金字的封面太俗氣
線裝略顯矯情
我想膠裝簡約
也許最能代表一段
平淡的開始和結束

好的故事不需要太多宣傳
何況關係的凋零
也不是值得炫耀的事
我會親手為每一本書簽上名字
畢竟只剩我來負責這故事的敍說

不需要暢銷
慢慢地賣
只要有人接手
這些事就不再只有我記得
這樣也算是一種完整

# 露點

手掌貼著你的背
從下到上
再從上到下

鼻尖碰你的鼻尖
一起吸吐
或者交錯

輕聲低語
在耳邊
和胸膛

空氣慢慢沉澱
一點愛
或喜歡
流了一地

# 花

買一束花給你
我知道你不喜歡我
但喜歡花
所以大概會收下

花會枯萎

喜歡不會

我想像你悉心澆水
灌溉終將死去的美好

為了和你一樣
我也買了一束一樣的花
窗外的雨在下
花就那樣靜靜地看著
我偶爾對花說話
我想你
我想你大概不會

花瓣漸落
喜歡漸增
我見不到你
但我能見到和你一樣的花

## 對不起，
## 我們
## 不能一起上　月球了

有愛不能解決其他必須的問題
例如氧氣
雖然我說你不在的時候我無法呼吸
但其實還是可以

一起去一個遙遠的地方
要耗費多少精力

能夠用物質解決的也許都是小事
重要的是有沒有心

曾經答應你的還在等待實現
但你等不及了
也許我還是只能自己體會
那些剩下自己的風景

努力是沒有用的
但很多時候
我想要的只是你在身邊而已

＊致敬影集《電馭叛客 2077》By Netflix

# Gin

跟我一起做一場夢
夢裡有菸有酒有你
酒有草的味道
你有草的味道
我們一起忘記今天

會好的
會好的你說
音響放著嘻哈音樂
窗簾透進北方難得的陽光
床單剛換
你有著我想記得的味道

想太多
想太多了終究
把酒杯斟滿
明天的事留給明天的自己
今晚只有你我
難得的時光不能不把握

跟我一起做一場愛
一場不顧一切的愛
我們像是沒有未來一般聊著
酒味在舌尖縈繞
你說話
我也說話
你說謊
我也說謊

# 下輩子我們　結婚

時間好長
路走不到盡頭
哭的時候窗外下起雨
笑的時候你不在身邊

台北的空氣只會讓我過敏
想你的時候打噴嚏
打噴嚏的時候
想你是不是在想我
或是偷偷說了我的什麼

歌單我都準備好了
紙花將要填充完畢
我唱著那首
浪漫到不行的歌看你走近
像一場夢
或的確是夢

有些錯過
無法在這次輪迴裡完成
雖然不知道能不能有來生
但如果來生還能成為人
我會找到你

忘記了一切也好
我們可以從最小的事開始熟悉
難免爭吵
難免想要分開

但我把所有想念都放在了記憶裡
壞的都已經忘記
好的持續累積
你想要的一切我都給你
下輩子我們結婚
沒有遺憾
沒有分離

# 文法

我愛你
可以沒有我
不能沒有你

# 未讀

你的沉默像一整座宇宙
沒有介質遞送
信號無法傳播
我們各自
繼續漂流

# 世界末日

在世界末日來臨前
寫一篇思念指南
把所有遺憾收藏
為即將到來的紀念日哀悼

在世界末日來臨前
親手刪除所有過節
略過曾經傷感的年年
決心叛逃潮濕的宿命
還沒等你出聲
就擁抱你

在世界末日來臨前
發一則你不會來看的限時動態
終於忘記你的時候
想起你遠行的背影
對你的依戀眼見為憑
我在失物招領處
找回慢性自殺的勇氣

在世界末日來臨前
還想跟你一起去看海
日曆只剩快樂的那些日期
我寫了最後一首詩給你

在世界末日來臨前
可不可以抱我一下
我很想念你
安撫被動的心
我會很小很小聲地
說我愛你

# 可不可以
# 等我一下

你走在夏天來臨的時候
晴天很多
蟬鳴很吵
我的憂傷連結成最顯眼的星座

你走在下著大雨的時候
行人很亂
紅燈很長
我在路的這端等你回頭看一眼
你走在我需要你的時候
回憶很遠
遺忘很慢
我在流淚的時候想起你的眼睛

# 先不要　離開　好嗎

先不要離開好嗎
我想我還需要一些
親暱的幻覺
填補那些曾經的痛

感到失望也不要離開好嗎
牆上的鐘還在夢裡
夢裡什麼都沒有盡頭
愛跟恨都只有一瞬

成為大人以前不要離開好嗎
我還不理解那些
必經的辛苦和痛
就算做得不好
請原諒那是我身為人的錯

在我睡去之前
先不要離開好嗎
輾轉到天色微亮以後
我會親手為你栽下一朵花
在你回來以前
她會一直
開得很好

# 因緣

傷心的時候想著人生很短
再一下就能結束了
想你的時候想著人生很長
有一天還能見面的

# 在場證明

我們毫無保留地愛著
像是沒有明天
沒有大廈和夢
沒有光之外的影
盡情擁抱那些在場證明

我們毫無保留地分離
像是沒有昨天
沒有山嵐和海
沒有完好的底片
盡力忘卻那些在場證明

# 有情人

這裡有情人
那裡也有
海堤旁和夜景上
歡快的浪漫在懊熱的夏
他們的眼波裡有光

一起的時刻
並不總是美好的
但再多威士忌

都無法形成那種記憶
像聖木或大麻的氣味
只要一次
就是一輩子

也許我們
沒見過愛的形狀
也許我們時常失望
永遠太短、昨夜太長
但有情人對彼此的眷戀
或屬於喜歡的眼淚
至少能為彼此流下

我不確定
該不該
開始 想念你

等你的訊息
等到睡著了

等你說晚安
等到早上了

等你約見面
等到明天了

等你答應我
等到放棄了

等到放棄了
你說了早安

# 我很想念你

記憶已經淡了
需要一些節日
補足缺少的存在感
曾經有你的時刻
都被打上了結
為了讓自己不那麼好解

想念在不同的時區
有著不同的長度
你慢慢地過
我慢慢地想

用偶爾的夢弭平清醒的痛
我愛上了昏沉的感覺
你愛上的人
離我多麼遙遠

新年到來的前一秒
打好的簡訊還沒送出
想著我的問候有人替代
這樣也好
這樣就好

# 我們是
# 那種　一起吃
# 拉麵的關係

排隊的一小時
已經足夠讓我們知道彼此的名字
喜歡的歌或者
一個人的時候
都在做甚麼事

一人一份的點餐機
不用煩惱誰該買單
麵會軟
湯會冷
吃飯的時候
不需要說太多話

加辣
不蔥
加點一顆溏心蛋
簡單的喜好還是能看出一點

狹小的空間
不適合待上太久
吃完了
我們各自回家

還有沒有下一次
只能看看天冷不冷
人多不多或者
你會不會也有一點點想

# 我喜歡上 你 時的
# 內心活動

該說嗎
不該說嗎
我斟酌著一字一句
深怕你離開了我設下的語境

想問的
想聽見的
我寫下一本厚重的日記
裝滿所有潮濕的想念和你愛的字句

想見你
害怕見你
不夠美好的我
也能擁有美好的事物嗎

該等嗎
該離開嗎
拿捏不好分寸的我
可以不被你討厭嗎

拜託

＊靈感來自 陳綺貞〈我喜歡上你時的內心活動〉

# 我喜歡上 你 時的
# 內心活動

## 之二

買一束花吧
希望她喜歡白色的
車外有點冷
我調高了空調的溫度

她輕輕的一個眼神向我
不知道我今天的大衣好不好看
走在車道外側
希望這還算是
貼心的舉動

路途有些遙遠
輕鬆地問了她喜歡的歌
存入歌單準備下次播放

悄悄拿起相機
景色其實不是重點
真想稱讚她的側臉
暗自猜想她喜歡可愛還是漂亮

時間晚了
聊天室顯示未讀的訊息
猶豫該不該再加一句晚安或者
下次見

現在表示心意的話會太早嗎
也許她的心室已經出租
不說的話會錯過嗎
沒關係先睡吧
我看著她的貼文照片
在心裡說了晚安

下次買粉色的花吧
下次去看海吧
下次再說吧
還有的話

**＊靈感來自 陳綺貞〈我喜歡上你時的內心活動〉**

# 我想
# 你應該 睡了

我想你應該睡了
下落不明的對話
我醒在不該醒來的時刻
多數時間都是這樣的

我想你應該睡了
未讀的訊息
還留在我的房間
只剩一片冷清

我想你應該睡了
晚安送不出去
需要被知道的事
我都已經知道了

我想你應該睡了
我想你
我想我該睡了

# 我想到你
# 就起秋了

在沒有雨的時候
和落葉散步
散到視線變得模糊
寂寞很長
像你在夜半的夢
清醒或睡去都剩下失去
我在靠近海的地方
想像浪的形狀
卻不往岸走去
害怕痛
會延伸到看不見的那端
海風在吹

我在哭
記憶不只潮濕
還很澀
昨日還緊握的手
回頭看向你
已經過去了好些年
已故才能成為故事
我甚至不能確定
你是否還在呼吸
或是在哪個他方
也許遠也許近
也許我曾經見過你

雨又要開始下了
下在我不在的地方
所有陌生的詞彙
都不足以描寫
我的喜和悲

時間拖沓不前
想念杳無音訊

我開始懷疑哪裡才能
查有此人
或許你是我的一場漫漫長夢
雖然握有證據
但你有完美的
不在場證明

會有人看到最後嗎
影廳的燈亮起
大多的人都起身離開了

剩下也許是浪漫
或單純地消磨
我把所有秘密都記了下來
沒有人會讀
也無所謂

我想你是刻意
留下一點形影
在路燈下走著的時候
你在身後被拉得很長
因為你是寂寞
你是我秋日的愁緒

# 我想跟你
# 一起做
# 低能的事情

白痴喔
幹嘛啦
很丟臉欸
嗯沒錯我就是想跟你一起丟臉
反正有了你
臉丟了也無所謂
一步
兩步
三步
我踩著你的腳印前進
一起大笑

一起在空曠的地方
喊出
屁眼派對
我討厭沒有你的夏天

我不再無聊或寂寞了
情緒跟著我們一起的時間起伏
我想跟你一起做低能的事情

幹

真的超低能
但無所謂
我有夠快樂的

## 我想
## 變成　你的明天

沒有預報
雨都很自然地落下了
躲在被窩裡
埋怨這有點壞的天氣

走到頂樓點起
一支熟悉的菸
慢慢挑揀昨天的碎片
感嘆自己的遲鈍

做不到喜歡的歌裡
被低聲吟唱的那些

當我了解了錯失的
無聲的喜悅
就已經無法觸碰你的臉
在你習慣的那些瞬間

日復一日地走在
日復一日的街
對太過靠近的事物
感到膽怯
一樣的生活
依然一樣地發生

今天太近
昨天太遠
我想變成你的明天
無論你是否在等待
我還是會來
到你面前

## 我會
## 慢慢地　等你睡著

我們應該學習
不去在乎那些小事
水槽沒洗的咖啡杯
籃子裡穿過的襯衫或是
積了點灰塵的櫥櫃

我們應該在乎
眼前的此刻發生的
你輕輕地閉上眼睛
長長的睫毛闔上後
有一些很美好的風景
正在為你準備的夢境裡發生

我會慢慢地等你睡著
很慢，很慢
低語在你想聽的時候
沉默在你囈語的時候
成為你想離開夢的理由
成為你醒著時的夢

找個人
聽你說吧

別像我 一樣

給你火苗
給你暖好溫度的手
給你陽光
給你擋住光線的墨鏡

給你一首詩
給你我能想到
最浪漫的絮語

帶走美麗
帶走隨風起伏的長裙
帶走夏天
帶走散落沙灘的快樂
帶走笑容
帶走初見時
你看見我的神情

＊詩題來自 柯智棠〈給你／妳〉

## 把　青春
## 用你想要的方式　浪費了

親愛的你還在那裡嗎
相差兩度的酒精
讓秋天變得更寂寞了一點
葉青或葉黃
枯落的念想堆積在凋萎的心上

我在手上刺下自己的名字
你還記得嗎
我們都有想念而不得的事
一筆一筆磨在皮膚上的刺痛
遠不及看不見你的每個時刻

好好愛人或好好愛自己
都沒辦法讓我成為大人
我甚至不知道
寫下愛這個字的時候
是不是可以在心裡卸下一些什麼
於是我開始對自己說晚安或是不說
我不需要虛言來讓自己入睡
我需要你
於是你醒過來
在夜晚開始變得更漫長以後
在路燈都睡了以後

**＊詩題來自 deca joins〈夢〉**

# 長成什麼樣子
# 算愛情

鼓起勇氣傳了訊息
互道晚安
一起看了幾部電影但我忘了是哪些
散步
騎腳踏車
在某個晚上告白
騎車穿越半夜的隧道有說有笑
去海邊待了一下子
看海之外看你更多

幾個禮物
爭吵
和好的花與卡片
豐盛的晚餐
拍下影片紀錄一些時刻
爭吵
買給你喜歡吃的早餐
爭吵
紀念日的社群貼文
在公園遛鞦韆
第一次去旅行過夜
爭吵

吃午餐
爭吵
你吃醋的表情很可愛
爭吵
大聲地爭吵
爭吵
用一首詩和好
我們不要再吵架了好不好
問題沒辦法解決
大聲地爭吵

爭吵
那就這樣吧
分開也許更好過一些
朋友的建議沒什麼幫助
大聲地爭吵
封鎖
酒精
失眠
情歌
我愛你
我好愛你

*詩題來自 麋先生〈長成什麼樣子算愛情〉

# 柔軟的下午

如果可以
我們在雨後散步
公寓陽台的花叢盛開
迎面而過的情侶挽著手
我接著你的步伐
慢慢地走在你身後一半的距離

我們小聲地說話
討論街邊的店裡賣著哪些
我們都不知道該不該買的東西
沒有陽光的下午是如此晴朗
我悄悄停下喊你的名字
回頭
你的眼神直接撞在我心上
可以笑一下嗎我說
然後
然後我們不需要再說話了

# 看不見你的時候

看海

我想我們不會再見面了
該說的話
和該知道的事都已經完備
我把一切都放得很整齊
在床邊
在那些不想歸去的時刻
你想得到的那個他好嗎
我不知道該怎麼定義
一個人的明暗

你渴望的是他來時的路上
有你的影子

今天的日光很充足
想念隨著樹影搖曳
你在不那麼遠的遠方
我能抵達
卻又不能抵達

在每個獨自的夜裡隨波逐流
在每個故事的最後親手畫上句點
我沒有岸
我只能在看不見你的時候看海

## 夏日

你是夏日的雲雨
抱碎了的美夢
街燈已經睡著
我還在窗邊等待

等待你的一瞥
路人匆匆經過
貓在小聲地感嘆
房間裡煙霧瀰漫

此刻多麼適合相擁
緩緩按下暫停鍵
讓安靜填滿心室
想和你跳一支慢舞
度過悠長的夜

醒來在空著的枕邊
記憶濕了一片
你是夏日的愁緒
消瘦了的美夢

# 衰減

沿路是陰天
雨落不下來
紙飛機飛得比想像遠

花開好又謝
山海都在等
這春天不是我的春天

過剩的浪漫
沒有人撿起
一首詩完成在沉默中

平靜地敍述
難忍的痛苦
我的訊號會留在宇宙
你可會記得

做愛

做一場愛給你
愛裡有花
有海
有你喜歡的顏色
有關於我的夢

做一場愛給我
牽手散步
微醺
不撐傘地濕透
一起期待下一場雨

做一場愛給我們
說晚安然後
睡著
我們只做愛
我們不做愛

## 悠長的夢
## 和
## 無謂的事

我接受
整座宇宙的孤寂
只為了遇見你
在某個你感到脆弱的時刻
我們陌生且帶刺
我願意空著手
一根一根
把刺撫成柔順的毛
過去被填滿了秘密
不要緊

我不在乎那些
兩指縮放之後
就會變得無可緊要的事

無論在哪裡
我都會找到你
給你一個擁抱再輕輕地晚安
告訴你我也在這裡
無論好壞我都在這裡

我愛你
我是真的愛你

# 情人節

睡覺吧
千萬不要説明天的事

他敲了敲門
我開了門
可他説
只是想看看我會不會開門

你不能仗著我喜歡你這樣傷害我的
我怎麼也沒想到
我會再次被丟棄
為什麼不要我了
還是走不出來

被愛的前提到底是什麼
我喜歡的人都不喜歡我
我忘不掉他
怎麼辦

說不出來為什麼難過
辛苦你了
我也是
總有一天會好起來的
不是明天
我還在想你

# 提醒

輕敲菸盒
打開一包新的菸
抽進又一天的疲憊

這裡的空氣還能更好嗎
你在遙遠的那裡
感受我不曾感受過的
快樂或愁緒

是雪
是雨
是陌生的路標和口音
我幻想夢中的快樂

能夠短暫地出現
在心裡漫著大霧的時候
做一盞燈陪伴

你的香味沒變
又或許變了
我在不喜歡的地方
做著不喜歡的事

也許你不會懂
也許你早已認清
我只是一直在模仿
曾經快樂的自己

沒有你
我便需要負擔兩人份的勇氣
繼續呼吸
繼續耽溺

在我忘記之前
夢會提醒
在我忘記之後
夢會提醒

# 貼地飛行

不能確定
我看見的是過去或未來
一切都變得很慢
被困在飛行的迷宮裡
異域的文字像畫
沒有地圖是多幸運的事
想念在遙遠的地方
如果你也在這裡

我們可以望向彼此的星空
我指認出你的星座
卻沒有我的
因為我們不在同個季節

就又這樣過去了
一個完整的夏天
雖然曾經許下的願都是謊言
但我們是那樣地相信著

兩口
三口
半支菸

一公克的時間值多少錢
我在合法的地方
合法地想念
曾經緊握不放的一切
想像哪天我們可以一起貼地飛行
往不存在這世界的某個地方去

# 想起你的時候
# 撐傘

想起你的時候撐傘
雨水還是浸濕了衣服
半邊濕透的身體
是你不想要的溫柔

雨在下
那裡的雨在下
這裡也是

雨水比此刻的靈魂還重
刺進身體
弄濕眼睛

想起你的時候撐傘
風暴會在日出結束
我可以安穩地睡
睡得像自己一個人也很好

燈亮著
跟忘了熄滅的燭火
一起照亮房間
黑色的角落潮濕不堪

菸被打濕了
我怎麼點也點不著

想起你的時候撐傘
想起你的時候
等待雨開始傾盆
聽雨水打在屋簷上的聲音

今天是晴天
我還是帶了傘出門
因為我害怕自己

# 意義

我愛你
我不愛你
我不知道我愛不愛你

# 萬聖節 之二

朋友問我怎麼扮
我說少了人
剩一半

我把
所有相遇　都當作
錯過了就是　一輩子

我跟你的事，你真的一輩子
都不會考慮一次嗎？

# 手機 錢包 鑰匙 煙，想起你的 臉

活成一座車站、機場或者港口，存在的目的是送你離開，是萬里或者一步，總是我不在的地方。反正留不住，不如今晚。

來來往往，有些人抽菸，有些人不。抽菸的人可以互相陪伴一根吸吐的時間，不抽的人可以讓我享有一些對話間的空白。我記得每個她鑰匙轉動的圈數、擺放的位置，記得她們的手機型號還有錢包的顏色。我記得每個她的臉、她的笑、生日或者習慣，雖然她們早已不在身邊、雖然可能是我的錯，但我都記得，忘不了的。

*主題發想自美秀集團〈手機錢包鑰匙菸〉

不知道哪天會分開，
是今天
也沒關係

我很確定每個當下的自己都是我能給你看見的，最好的樣子了，所以雖然不知道哪天會分離，如果是今天也沒關係，祝你好，有沒有我都一樣。

如果我有愛人，
我想和她一起
聽的 十首歌

1. Creed - One Last Breath

2. Mary See the Future - Yes,I Do

3. HYUKOH - Tomboy

4. Radiohead - Fake Plastic Trees

5. The Black Skirts - Everything

6. The Walters - I love you so

7. One ok rock - Wherever You Are

8. John Mayer - You're gonna live forever in me

9. Snow Patrol - Chasing Cars

10. 張震嶽 - 抱著你

再會啦
心愛的 無緣 的人

於是我又點起了一根菸，希望讓希望延續得更長一點。為什麼街燈都是黃色的？為什麼今天沒有下雨？我自己一個人想著一些沒有意義卻能消磨時間的問題。在緣分形成以前被夏日的陽光撲滅了，寂寞深深地牽絆我的手腳，無法與你以同樣的步伐前進，這樣的日子是不是也會淪為某個人的問題？心愛的人你在哪裡，我已經等了很久，房間的門沒有被敲響過，或許我們已經在某個路口相遇然後分別，或許我們已經不再說話了。

*篇名來自 施文彬〈再會啦心愛的無緣的人〉

## Yes, I do.

真正接觸台灣或國外的獨立樂團是進入高中之後的事，加入了音樂性社團、跟著社團的制度一起自己創作歌曲，然後上了大大小小的表演跟比賽，也認識了一群這輩子的好友，其中的有些人甚至至今仍在音樂圈的幕前幕後努力。

喜歡的歌很多，但真正喜歡的樂團則否，第一個讓我由衷欣賞的是那時候算當紅的 Mary See The Future 先知瑪莉，耳機裡常常會循環著他們的歌陪我坐捷運回家。因為社團是必須要自己作詞作曲編曲的，也是從那時候開始了我寫東西的習慣，所以一首歌的歌詞能不能唱到我的痛點至關重要。先知瑪莉大部分的歌都給我一種潮濕陰鬱的感覺，在那段輕狂的日子總有些現在看來微不足道的、關於小情小愛的故事，所以我很能夠輕易地把自己浸潤在歌曲裡面。

其中，唯獨有一首，也是我看來為數不多的浪漫歌曲叫做「Yes, I do」，乾淨不拖沓的鼓點、潮濕的吉他旋律線配上主唱 Josh 的聲音，在小時候聽到的當下，我就決定如果自己以後結婚的話，希望能夠在求婚時或新娘步入禮堂時，與我的朋友們一起唱這首歌來傳達我想說的那些絮語。這個企劃到現在沒有改變過。

平常聽歌偶爾還是會隨機播放到它，也許在騎車、開車的過程，我的腦中都會不自主地浮現禮堂的大門隨著前奏打開，在新娘緩緩步向舞台的時候，天花板撒下了白色的紙花覆蓋前行的路，然後在歌曲的最後其他樂器靜止，我拿著木吉他完成尾奏，和她說「Yes, I do」。

這樣的編排也許對有些人來說太過浮誇，但我想像的演出帶入了我一生至那刻的所有羈絆，不僅止於浪漫，而是我終於能夠真正放下那些過往，許下一個必須完成的承諾。

我有時候真的會期待這個日子的到來。

# 欸，可不可以抱我一下 *07*

也許愛人的能力就是需要一次次在毀滅與重建中長成屬於自己的樣子，如果沒有愛，那些相信將不再相信，痛苦只能永遠不斷地被積累、放大到一個孤單的靈魂所不能承受。

無論這世界如何待你，擁抱或許不能治癒生活所給的難題，但它能讓我相信你在這裡、相信夢裡的黑色也可以被解釋成一種深邃的美麗。

你還在那裡嗎？不在也沒關係，我可以去找你。

# 欸，我很想念你 *14*

H的手機鬧鐘鈴聲是Keshi的〈drunk〉，我聽了一年，是因為她我才喜歡上Keshi的。曾經寫過一篇〈感覺〉因為她給了我很多感覺，大多都是快樂且舒適的，從中山北路到安和路，有好多沒曾想過的好事在那些時間裡發生，我獲得了我需要的陪伴，而她……她也應該是快樂的吧？突然有一天，她說她對我不再感到好奇了，我不怪她，這已經是我意料之中的結束，但好奇是和一個人待在一起必須的元素嗎？我不知道。從那之後我再也沒見過她，想要和她說話的時候總是覺得別再打擾才是最好的溫柔，可我每次聽到〈drunk〉都還是會想起她和那些夜晚，只是我們不會再遇見了。欸H，我很想念你和我們，有些時候。

# 欸，我很想念你 *15*

代號快被用完了，我不知道為什麼經過的人都有那麼雷同的名字。原本以為這場雨會一直下的，但現在地板已經乾了。想起和誰一起去過的咖啡店、一起聽過的歌或是一起醒來的某些早晨，我在這些經過的途中不停地散落自己，在每個人身上留下一些特別需要被陪伴的時刻。有時候這種莫名的想念不是為了誰，只是為了當下孤單和浪漫難以消磨的自己。

誰來讓我消磨浪漫？不在什麼特別的日子也無所謂。

# 欸，我很想念你 *16*

偶爾會翻翻相簿看看自己的記憶是不是真實存在，發現這幾年的快樂真的變得很破碎，有些重要的時刻甚至沒有證據能夠說明。看著曾經在身邊的人們一個個在遠方安好，我想我是一列帶著獨有頻率的火車，有人上車就會有人離開，時間過了這麼久我也沒能脫離這樣的印象，行駛的速率不變，變的只有季節和不停倒空的酒瓶。有人會想念我嗎？我覺得自己很可能成為一段讓人不願意回顧的過去，對此我感到一陣失落和深深的遺憾。你不想念我也沒關係，但我會想念你，雖然我也不願意繞著這樣的軌道運行。

# 欸，我很想念你 17

我知道跟我這種人相處很辛苦，每個離開我都能理解，但理解不代表我不會想念或是難過。

# 欸，我很想念你 *18*

一週年的時候你買了兩件同樣圖案、不同顏色的 Stussy Tshirt，白色的 L 號是給我的，雖然有些太寬大，但你我都比較喜歡白色。那時候你用了一張穿著它自拍的圖片當 IG 頭貼，轉眼已經是四年前的事了，即便早就分開，但偶爾看到你的頭貼還是能欺騙自己我們還有一些連結。最近看到你換了照片，那瞬間又感覺記憶死掉了一點點，那件衣服一直收在我的衣櫃，跟著時間一起慢慢地變黃，慢慢地。

# 欸，我很想念你 *19*

久到有時候我也會忘記自己想你這件事。知道對方在這世界上某個角落過著屬於她的生活卻不能再聯繫，也許比知道對方死了這種瞬間的悲痛更折磨一些，可能只是一直敗給自己的執念，執著著好好的兩個人怎麼就這樣這輩子不能再有交集了？但事實就是如此，執著也沒有用，單向地切斷關係是不可逆的行動，反覆檢討自己沒有任何意義。雖然也知道或能夠體會讓自己忙碌起來可以暫時忽略過去的發生，但偶爾停下來的時候還是會想回頭看看你在哪裡。

你不在了。

## 欸，我很　想念你
## *20*

真正能夠擁抱的時候你都在想些什麼呢？突然想到那些瞬間的時候，我發現腦子裡好像什麼都沒有，所有的感覺都只是透過記憶堆疊而成的、像是幻想卻又不完全是的模糊印象。

很多時刻，點起一根菸是沒有理由的，彷彿它本就該在那秒被燃起，你甚至不需要用任何文字渲染寂寞，只是一邊吸入一口，一邊回想昨天的夢或者什麼都不想地看著街角的紅燈轉綠，再轉紅。

我想想念大概跟抽一根菸很像吧，沒有甚麼理由或者扳機出現，只是就會在那些已然習慣的孤獨時刻想起那些曾經有過的擁抱、想起那些曾經擁抱過的人、想起我們曾經有多麼的好。

好像她們都走了好遠好遠，只有我還是這個樣子，我覺得並沒有改變但可能已經變了很多的樣子、讓我感到無力且無奈的樣子。

我想不到任何詞藻來形容寂寞，可就是這樣了，即便可能並沒有對不起任何人或者事情，但我還是覺得好抱歉。

想到這裡的時候都好想哭。

## 媽的，
## 如果你也在　就好了

在那些獨自一人的美好
時刻總是想著：媽的，
如果你也在就好了。

# 你要告別了，你會 快樂

我想我只能這樣相信，畢竟我能決定的只有和你在一起的時刻，往後的路你會自己走、會遇見其他的誰。我們的故事寫到這裡也就結束了，沒有結局也許是一種留給看見這些故事的人想像空間的仁慈，但我們的故事不是如此，沒有結局就是我們的結局，沒有後續、也沒有想像。

因為曾經深深地喜歡或者依賴你，所以我希望你能快樂，畢竟和我在一起的那些深刻你可能累積了不少說不出口的傷害，我和你都無能為力。所以離開了我這種人你會快樂的吧，雖然生活本就是起起伏伏，但你不再需要應對這些常人不會有的問題和疑惑。

雖然我感到悲傷，但你要快樂，你看起來很快樂，那就好了。

後記

# 我很常感到抱歉。

對家人抱歉、對伴侶抱歉、對自己抱歉，甚至是對在我意識上與我有關的陌生人或事件感到抱歉。抱歉是因為我覺得我不夠好、沒有資格、不配擁有，我害怕讓身邊的人感到麻煩、害怕讓愛我的人失望。

這些情感或者想像依靠藥物、煙草或酒精都無法真正解決，我知道我一直在逃避、我也會感到焦慮與害怕，但現實就是如此，我已經很努力地活著了，我想這是一件好事，即便它對我來說可能不是。

但你知道，其實也並不總是陰暗的，面向光的時候就算感受不到快樂，也至少會感覺舒服。我想我需要依賴成癮物質之外的東西活著，例如因為一件非常小的事而稱讚自己、覺得自己很棒，並不是一無是處。記憶困擾了我好久，我知道自己無法把它們抹除，但也許時間再久一點，我就能不對當時的自己感到如此抱歉了吧。

上一本書《思念指南》是集結了我四到五年中創作的作品加上一些新作的集錄。而《抱歉我沒有成為更好的人》則是完整地呈現了我從二〇二三年中到二〇二四年底，這一年半時間的精神狀態。我想如果能夠看完整本，多少都能感覺到這段時間並不好受，也確實是如此。以作者的角度來說，雖然每篇詩文之間的連結在文字上幾乎看不出來，但我覺得它們各自散發出的情緒或呼喊是能夠被感受到的。也許書中的很多篇章可以讓你投射自己、進入那些幽暗或燦爛；又也許看完整本書，你也沒有什麼特別的感受。抱歉，但沒關係，都好，如果沒有共感的話，至少它單單是擺著也很好看。

謝謝時報出版的編輯晏瑭與企劃緒緒，謝謝你們在第一本書後還願意跟我約定第二本書的誕生、謝謝你們包容我偶爾的任性與拖延，謝謝你們是這麼好的夥伴。

謝謝我的家人從來沒有放棄我，不常說的愛都融化在生活瑣事裡了。謝謝C一直以來的陪伴。

希望你會喜歡這本書，活著已經足夠艱難，覺得抱歉或不感到抱歉都沒有關係，希望你和我都能成為一個真正自由且懷抱著愛的人，即便有可能很孤單。

微文學71

# 抱歉我沒有成為更好的人

作　　者——否思
副 主 編——朱晏瑭
封面設計——高郁雯
內文設計——林曉涵
校　　對——否思、朱晏瑭
行銷企劃——蔡雨庭
總 編 輯——梁芳春
董 事 長——趙政岷
出 版 者——時報文化出版企業股份有限公司
一〇八〇一九臺北市和平西路三段二四〇號七樓
發行專線——（〇二）二三〇六六八四二
讀者服務專線——〇八〇〇二三一七〇五
（〇二）二三〇四七一〇三
讀者服務傳真——（〇二）二三〇四六八五八
郵　　撥——一九三四四七二四　時報文化出版公司
信　　箱——一〇八九九臺北華江橋郵局第九九信箱
時報悅讀網——www.readingtimes.com.tw
電子郵件信箱——yoho@readingtimes.com.tw
法律顧問——理律法律事務所 陳長文律師、李念祖律師
印　　刷——勁達印刷有限公司
初版一刷——二〇二五年四月十八日
定　　價——新臺幣四二〇元
（缺頁或破損的書，請寄回更換）

抱歉我沒有成為更好的人/否思作. -- 初版.
-- 臺北市：時報文化出版企業股份有限公司, 2025.04
面；　公分
ISBN 978-626-419-384-9(精裝)
863.4　　114003435

時報文化出版公司成立於 1975 年，並於 1999 年股票上櫃公開發行，
於 2008 年脫離中時集團非屬旺中，以「尊重智慧與創意的文化事業」為信念。
ISBN 978-626-419-384-9　　Printed in Taiwan